두 고양이

보일 듯 말 듯

사차원 시공간으로 사라지는

고양이 발자국들.

리샤르트 크리니츠키, 〈오래된 원고〉 중에서

두 고양이

어슐러 K. 르 귄
닐 게이먼
이재경 옮김

HB PRESS

1

슈뢰딩거의 고양이
Schrödinger's Cat

어슐러 K. 르 귄

Ursula K. Le Guin

상황이 일종의 절정으로 치닫는 양상이라서 나는 이곳으로 철수했다. 이곳은 더 시원하고 아무것도 빠르게 움직이지 않는다.

이리로 오는 중에 분해 중인 부부를 만났다. 아내는 이미 산산조각이 난 상태였지만 남편은 언뜻 보기에는 꽤 원기 왕성했다. 남편이 내게 자기는 어떠한 호르몬 작용도 없다고 말했다. 그동안 아내는 몸을 추스르더니 오른쪽 무릎 뒤로 머리를 받치고 오른발 발가락으로 깡충깡충 뛰어오면서 우리에게 외쳤다. "사람이 자기표현 좀 하겠다는데 뭐가 문제야?" 여자의 뒤에 그냥 쌓여 있는 왼쪽 다리와 두 팔과 몸통이 움찔대며 동의를 표했나.

"다리가 끝내줘요." 남편이 날씬한 발목을 보며 말했다. "아내는 다리가 끝내줘요."

고양이가 한 마리 나타나 내 서술을 끊는다. 가슴과 발만 하얀 노란색 줄무늬 수고양이다. 기다란 수염과 노란 눈. 고양이들은 눈 위에도 수염이 있다는 것을 이제야 봤다. 전에는 전혀 몰랐다. 그런데 이게 정상일까? 알 방법이 없다. 고양이가 내 무릎 위에서 잠이 들었다. 이야기를 계속해도 되겠다.

이곳은 더 시원하고 아무것도 빠르게 움직이지 않는다.

어디까지 했더라?

아무데도. 딱히. 하지만 서술 충동은 남아 있다. 할 가치가 없는 일은 널렸지만 말할 가치가 없는 건 거의 없다. 어쨌든 나는 중증 선천성 에티카 라보리스 퓨리타니카(Ethica laboris puritanica)°를 앓고 있다. 다른 말로 아담병 환자다. 이 불치병의 치료법은 두화(頭化)◇를 완전히 되돌리는 것밖에 없다. 심지어 나는 잠잘 때 꿈꾸는 것도 좋아하고, 꿈을 기억하려 노력한다. 꿈의 기억은 내가 그냥 거기 누워서 일고여덟 시간을 낭비한 게 아님을 보증한다. 지금 여기 내가 있다. 여기 누워 있다. 열심히.

참, 내가 이야기했던 부부는 결국 깨졌다. 그나마 남자의 조각들은 작은 병아리들처럼 뒤뚱대고 쩍쩍대며 돌아다녔지만, 여자는 결국 그저 신경 다발로 전락했다. 마치 얇은 철망 다발처럼. 가망 없이 뒤엉킨 채로.

그래서 나는 비통한 마음으로 조심스레 한 발 한

○ 청교도 노동 윤리.
◇ 동물의 발생 과정에서 몸의 맨 앞부분이 머리로 분화하고, 신경중추와 감각기관이 머리로 집중되는 것.

발 짚으며 가던 길을 갔다. 그 슬픔이 아직도 내게 있다. 그것이 발이나 엉덩이나 눈처럼 내 일부일까 봐, 심지어 내 자신일까 봐 두렵다. 내게 다른 자아는 없는 것 같아서. 더 멀리에는, 이 슬픔의 경계 밖에는 아무것도 없는 것 같아서.

그럼에도 나는 내가 무엇을 애석해하는지 모른다. 내 아내? 내 남편? 내 아이들? 아니면 나 자신? 기억나지 않는다. 아무리 기억하려 애써도 꿈은 대부분 잊힌다. 다만 나중에 음악이 그 음을 치고, 그음이 심금을 울리고, 그러면 어느덧 우리의 눈에 눈물이 맺힌다. 어떤 음은 계속 울려서 나를 울게 만든다. 하지만 무엇 때문에? 잘 모르겠다.

깨진 부부의 것이었을 수도 있는 노랑고양이가 꿈을 꾸고 있다. 가끔씩 고양이의 발이 까딱거린다. 한번은 고양이가 입을 다문 채로 작게 낑낑댄다. 고양이가 무슨 꿈을 꾸는지, 방금은 누구에게 말한 건지 궁금하다. 고양이들은 좀처럼 말을 낭비하지 않는다. 조용한 짐승이다. 그들은 쉽게 속을 드러내지 않고 숙고한다. 하루 종일 숙고하고, 밤에는 그들의 눈이 숙고한다. 새끼를 너무 많이 낳은 샴고양이는 작은 개처럼 시끄럽기도 한데, 그러면 사람들은 "고양이가 말한다."고 한다. 하지만 그 소음은 말과는 거리가 멀다. 차라리 사냥개나 태비 고양이의 깊은 침묵이 말에 더 가깝다. 이 고양이가 할 수 있는 말은 야옹뿐이지만, 어쩌면 고양이는 그 침묵을 통해 내가 잃은 것이 무엇이고 내가 무엇을 애석해하는지 일러 줄 것 같다. 고양이는 알고 있다는 느낌이 든다. 녀석이 여기로 온 것도 그래서다. 고양이들은 자신의 일만 생각한다.

세상이 지독히 뜨거워졌다. 만질 수 있는 게 점점 없어졌다. 버너만 해도 그렇다. 물론 버너는 원래 뜨거워지는 게 일이었다. 그게 버너의 궁극적 용도였다. 버너는 뜨거워지기 위해 존재했다. 하지만 불을 켜지도 않았는데 뜨거워지기 시작했다. 전기장치도 가스레인지도 마찬가지였다. 아침을 먹으러 부엌에 들어서면 이미 열판 네 개가 모두 지글대고 있었고, 그 위의 공기가 열파에 투명 젤리처럼 흔들렸다. 꺼도 소용이 없었다. 애초에 켠 적도 없으니까. 거기다 손잡이와 다이얼도 뜨겁기 때문에 손을 대기 어려웠다.

어떤 사람들은 어떻게든 물건들을 식혀 보려 했다. 가장 인기 많은 방법은 그것들을 켜는 것이었다. 가끔 효과가 있었지만 거기에 의지할 순 없었다. 다른 사람들은 현상 조사와 원인 규명에 나섰다. 아마도 그런 사람들이 가장 겁먹은 부류였다. 하지만 인간은 가장 겁먹었을 때 가장 인간다운 법. 뜨거운 가스레인지에 직면해서 그들은 모범적인 냉정함을 보였다. 그들은 연구했고, 그들은 관찰했다. 그들은 미켈란젤로의 〈최후의 심판〉에 있는, 악마들 손에 지옥으로 끌려가면서 공포에 질려 두 손으로 얼굴을 가린 남자와 같았다. 하지만 남자는 한쪽 눈만 가렸다. 다른 쪽 눈은 보느라 바쁘다. 그게 그가 할 수 있는 전부고, 그는 그것을 한다. 그는 관찰한다. 그러고 보니 궁금하다. 남자가 보지 않는데도 지옥이 존재한다고 할 수 있을까? 어쨌든 그림 속 남자에게도, 진상을 캐는 사람들에게도 거기에 손을 써 볼 시간은 별로 없었다. 그리고 물론, 그 상황에 대해 아무 노력도, 아무 생각도 하려 들지 않는 부류도 있었다.

그러다 어느 날 아침 냉수 수도꼭지에서 뜨거운 물이 나오자, 모든 것을 민주당 탓으로 돌리던 사람들조차 심각한 불안감에 싸였다. 얼마 안 가 포크, 연필, 렌치도 너무 뜨거워서 장갑 없이는 쓸 수 없게 됐다. 진짜 끔찍한 건 자동차였다. 차문을 여는 건 최고 온도로 한창 예열 중인 오븐을 여는 것과 같았다. 그때쯤에는 사람들도 손가락을 태울 만큼 뜨거웠다. 키스는 낙인이었다. 아이의 머리카락이 불처럼 손을 따라 흘렀다.

아까 말했듯 여기는 좀 시원하다. 그래서인지 이 고양이도 시원하다. 그야말로 쿨캣(cool cat)°이다. 당연히 녀석의 털을 쓰다듬는 게 너무 좋다. 거기다 녀석은 느리게 움직인다. 언제나는 아니지만 적어도 대개는. 그것이 고양이에게서 합리적으로 기대할 수 있는 느림이다. 녀석에게는 나머지 동물들이 습득한 광적인 부산함이 없다. 다른 동물들은 쏜살같이 스쳐갈 뿐이었다. 그들에게서 존재감이 사라졌다. 하긴 새들은 전부터도 늘 그런 식이었다. 하지만 전에는 작은 벌새조차 광란의 파닥임 한중간에 잠깐 멈추고, 푸크시아꽃 위에 바퀴 중심처럼 가만히 떠서 존재감을 보이곤 했다. 그러다 다시 사라지긴 했어도, 그때 우리는 흐릿한 발광(發光) 외에 뭔가 더 있다는 것은 알 수 있었다.

○ 좋은 녀석.

17

아이의 머리카락이 불처럼 손을 따라 흘렀다.

그런데 지금은 이렇게 됐다. 개똥지빠귀와 비둘기 같은 무겁고 뻔뻔한 새들마저 흐릿한 형체가 됐고, 제비의 경우는 음속 장벽을 돌파했다. 우리는 저녁에 낡은 처마를 고리처럼 휘감는 작은 음속 폭음으로만 제비를 인지할 뿐이었다.

지렁이는 구불대는 장미 뿌리 사이로 흙을 뚫으며 지하철처럼 쏜살같이 내뺐다.

그때쯤에는 아이들에게도 손을 댈 수 없었다. 너무 빨라져서 잡을 수 없었다. 너무 뜨거워 안을 수도 없었다. 아이들이 눈앞에서 후딱 자랐다.

하긴 애들도 원래부터 그랬던가.

◗◖

고양이가 내 말을 끊었다. 고양이가 잠에서 깨어나 한 번 야옹 하고 내 무릎에서 뛰어내려 내 두 다리에 부지런히 몸을 비빈다. 얻어먹을 줄 아는 고양이다. 점프하는 법도 안다. 녀석의 도약에는 느긋한 유동성이 있었다. 마치 다른 동물들보다 중력의 영향을 덜 받는 것처럼. 말이 나왔으니 말인데, 사실 내가 떠나기 직전에는 중력 감퇴의 국지적 사례들도 있었다. 하지만 이 고양이가 보여 주는 도약의 질은 전혀 다른 수준이었다. 나는 아직 우아함에 기겁할 정도의 착란 상태는 아니다. 오히려 거기서 안도감을 얻었다. 내가 정어리 통조림을 따고 있을 때 누군가 왔다.

노크 소리에 우체부일지 모른다는 생각이 들었다. 우편물이 너무 반가워서 나는 부리나케 문으로 가서 물었다. "우편물인가요?"

어떤 목소리가 대답했다. "얍!" 나는 문을 열었다. 그가 나를 밀어젖히다시피 서둘러 들어섰다. 그러고는 메고 온 거대한 배낭을 털썩 내려놓고, 허리를 펴고, 어깨를 주무르며 말했다. "와우!"

"여기까지 어떻게 왔죠?"

그가 나를 멀뚱히 보며 되풀이했다. "하우?"

그 순간 인간과 동물의 말에 대한 생각들이 다시 떠올랐다. 나는 어쩌면 이건 사람이 아니라 작은 개라고 판단했다. (큰 개들은 딱히 적절한 경우가 아니면 얍, 와우, 하우라고 하지 않는다.)

"이리 와, 이리 와." 내가 구슬렸다. "자자, 착하지, 우리 멍멍이!" 나는 얼른 포크 앤 빈스 통조림을 따서 내밀었다. 개는 잔뜩 굶은 얼굴이었다. 개는 게걸스럽게 꿀꺽꿀꺽 쩝쩝 먹어 치웠다. 다 먹고 나서 몇 번이나 "와우!"라고 했다. 귀 뒤를 긁어주려 할 때 갑자기 개가 뻣뻣해지면서 뒷목의 털을 잔뜩 세우고 목구멍 깊숙이 그르렁댔다. 고양이를 발견한 것이다.

고양이는 개를 인지한 지 이미 좀 됐지만 관심이 없었고, 지금은 바흐의 〈평균율 클라비어〉 악보에 올라앉아 수염에서 정어리 기름을 닦아 내고 있었다.

"와우!" 개가 짖었다. 나는 이 개를 로버로 부르기로 했다. "와우! 저게 뭔지 알아요? 슈뢰딩거의 고양이예요!"

"아니, 아냐. 더는 아냐. 이젠 내 고양이야." 내가 이유 없이 기분이 상해서 말했다.

"그래요, 슈뢰딩거는 물론 죽었죠. 하지만 이거 그 사람 고양이 맞아요. 사진을 수백 번도 더 봤어요. 에르빈 슈뢰딩거. 위대한 물리학자요. 오, 와우! 이걸 여기서 보게 될 줄이야!"

고양이는 잠시 개를 차갑게 쳐다봤다가 이내 느긋한 품으로 왼쪽 어깨를 핥기 시작했다. 거의 신앙에 가까운 표정이 로버의 얼굴에 떠올랐다. "운명이에요." 그가 감동 어린 투로 낮게 말했다. "얍,

운명이에요. 이게 그저 우연일 리 없어요. 그건 너무 개연성이 떨어져요. 상자를 든 나와 고양이를 데리고 있는 당신이 지금— 여기서— 이렇게— 만나다니." 그가 행복한 열정으로 눈을 빛내며 나를 올려다봤다. "대단하지 않아요?" 그가 말했다. "지금 바로 상자를 세팅할게요." 그는 자기가 메고 온 거대한 배낭을 부리나케 열기 시작했다.

고양이가 앞발을 핥는 동안 로버는 짐을 풀었다. 고양이가 꼬리와 아랫배처럼 혀가 우아하게 닿기 힘든 부분들을 핥는 동안, 로버는 풀어놓은 것들을 조립했다. 복잡한 작업이었다. 그와 고양이가 동시에 각자의 작업을 끝내고 나를 향했다. 놀라웠다. 둘은 단 1초의 차이도 없이 똑같았다. 정말 우연 이상의 것이 개입해 있는 듯했다. 나는 그게 내가 아니기를 빌었다.

"저건 뭐야?" 내가 상자 밖으로 길게 불거져 나온 것을 가리켰다. 나는 그 상자가 뭔지는 묻지 않았다. 누가 봐도 상자였기 때문에.

"총." 로버가 자부심에 들떠서 대답했다.

"총?"

"고양이를 쏠 총."

"고양이를 쏴?"

"또는 고양이를 쏘지 않을 총. 광자(光子)의 상태에 달려 있어요."

"광자?"

"얍! 이게 바로 슈뢰딩거의 위대한 사고실험이에요. 여기 작은 방출기가 있어요. 상자 뚜껑이 닫히고 5초 뒤 제로타임이 되면 방출기가 광자 한 개를 방출해요. 광자가 반(半)도금 거울(half-silvered mirror)°에 맞겠죠? 광자가 거울을 통과할 양자역학적 확률은 정확히 50퍼센트예요, 그렇죠? 자! 만약 광자가 통과하면 방아쇠가 작동돼 총이 발사되고, 만약 광자가 반사되면 방아쇠는 삭동되지 않고 총도 발사되지 않아요. 당신이 고양이를 넣어요. 고양이가 상자에 있어요, 당신이 상자 뚜껑을 닫아요. 물러나요! 떨어져요! 어떻게 되겠어요?" 로버의 눈이 밝게 빛났다.

"고양이가 배고파지겠지?"

"고양이가 총에 맞겠죠. 또는 맞지 않거나." 그가 내 팔을 와락 잡았다. 다행히 이빨로 잡지는 않

○ 빛의 일부만 통과시키고 나머지는 반사하는 거울.

23

았다. "하지만 저 총은 소리가 안 나요. 전혀 안 나요. 상자도 방음처리가 돼 있어서 상자 뚜껑을 열어 보기 전까지는 고양이가 총에 맞았는지 안 맞았는지 알 방법이 없어요. 전혀요! 이게 양자이론에 얼마나 중요한 실험인지 알아요? 제로타임 이전에는 전체 시스템이 양자 수준에서나 우리 수준에서나 단순명료해요. 하지만 제로타임 이후에는 전체 시스템이 두 가지 파동의 중첩 상태로 존재해요. 우리는 광자의 거동을 예측할 수 없고, 광자가 일단 거동한 후에는 광자가 시스템의 상태를 어떻게 결정했는지 알 수 없어요. 예측 불가라고요! 세상은 신의 주사위 놀음이라 이거예요! 이게 그걸 멋지게 증명하는 거예요. 만약 확실성을 원한다면, 어떤 확실성이라도 원한다면 스스로 확실성을 창조해야 한다는 걸!"

"어떻게?"

"상자 뚜껑을 열어서요, 당연히." 로버가 갑자기 실망한 눈으로, 살짝 의심의 눈초리로 나를 보며 말했다. 마치 종교를 논하던 상대가 자신과 같은 침례교도가 아니라 감리교 신자, 아니 심지어 성공회 신자였음을 깨달은 사람처럼. "고양이가 죽었는지 살았는지 보는 거죠."

"그 말인즉슨," 내가 신중하게 물었다. "상자를 열기 전까지는 고양이가 총에 맞은 것도, 맞지 않은 것도 아니란 거야?"

"얍!" 로버가 안도의 눈빛을 발하며 내가 본연의 위치로 돌아온 것을 반겼다. "또는, 아시겠지만, 둘 모두거나."

"그런데 어째서 상자를 열고 들여다보는 것이 시스템을 다시 단일 가능성으로, 살아 있는 고양이나 죽은 고양이 중 하나로 줄여 준다는 거지? 만약 상자 뚜껑을 열 때 우리도 그 시스템에 포함된다면?"

잠시 정적이 흘렀다. "하우?" 로버가 미심쩍게 짖었다.

"음, 만약 우리 자신도 그 시스템에, 다시 말해 두 가지 파동의 중첩 상태에 놓는다면 말이야. 그 상태가 꼭 열린 상자 안에만 존재하란 법은 없잖아? 다시 말해 우리가 상자 안을 본다면 그건 우리 둘 다 살아 있는 고양이를 보고 있는 동시에 우리 둘 다 죽은 고양이를 보고 있는 게 되잖아, 안 그래?"

"정확히 뭘 증명하려는 거지?"

로버의 눈과 이마에 먹구름이 드리웠다. 그는 가라앉고 갈라진 목소리로 두 번 짖더니 뒤로 물러났다. 그가 내게 등을 돌린 채 단호하고 슬픈 어조로 말했다. "문제를 복잡하게 만들어선 안 돼요. 이미 충분히 복잡하다고요."

"확실해?"

그가 끄덕였다. 그리고 다시 몸을 돌려 애원하듯 말했다. "이게 우리가 가진 전부예요. 상자. 정말로요. 상자. 그리고 고양이. 그 둘이 드디어 여기 있어요. 상자. 고양이. 제발 고양이를 상자에 넣어 줘요. 내가 고양이를 상자에 넣게 해 줘요."

"안 돼." 내가 깜짝 놀라 말했다.

"제발, 제발. 딱 1분만요. 30초만요! 제발 고양이를 상자에 넣게 해 줘요!"

"왜?"

"나는 이 끔찍한 불확실성을 참을 수 없으니까요." 그가 울음을 터뜨렸다.

나는 잠시 우유부단하게 서 있었다. 이 개자식이 불쌍했지만 부드럽게 안 된다고 말하려는 찰나, 신기한 일이 벌어졌다. 고양이가 상자로 걸어와서, 여기저기 쿵쿵대다가, 꼬리를 들고 한 귀퉁이에 영역 표시를 하더니, 여느 때처럼 놀랍도록 여유로운 유동성을 뽐내며 상자 안으로 폴짝 점프했다. 점프할 때 고양이의 노란 꼬리가 뚜껑 모서리를 살짝 건드렸을 뿐인데 뚜껑이 부드럽지만 결정적인 딸 깍 소리와 함께 떨어져 완전히 닫혔다.

"고양이가 상자에 들어갔어." 내가 말했다.

"고양이가 상자에 들어갔어요." 로버가 무릎을 꿇으며 속삭였다. "오, 와우. 오, 와우. 오, 와우."

그리고 정적이 흘렀다. 깊은 정적. 우리 둘 다 상자를 응시했다. 나는 서서, 로버는 무릎을 꿇고. 아무 소리가 없었다. 아무 일도 없었다. 아무 일도 일어나지 않을 것이다. 영원히 아무 일도 없을 것이다. 우리가 상자 뚜껑을 열기 전까지는.

"판도라의 상자 같아." 내가 작게 속삭였다. 판도라의 전설이 뭐였더라, 잘 생각나지 않았다. 판도라가 세상의 모든 역병과 재앙을 상자에서 풀어준 것까지는 알겠는데, 그게 이야기의 전부가 아니었다. 모든 해악이 풀려난 후에 뭔가 전혀 다른 것, 전혀 예상치 못한 것이 상자에 남아 있었는데? 그게 뭐였더라? 희망? 죽은 고양이? 기억이 나지 않았다.

속에서 조바심이 일었다. 나는 로버에게 눈을 부라렸다. 그는 감정이 가득한 갈색 눈으로 내 시선을 받았다. 개들에게 영혼이 없다는 말은 뭘 모르는 소리다.

"정확히 뭘 증명하려는 거지?" 내가 다그쳐 물었다.

"고양이가 죽었을지, 안 죽었을지." 그가 기가 죽어서 웅얼거렸다. "확실성. 내가 원하는 건 확실성뿐이에요. 세상은 신의 주사위 놀음이란 걸 확실히 아는 거."

나는 한동안 놈을 어이없고 황당한 눈으로 쳐다봤다. "주사위 놀음을 하든 말든," 내가 말했다. "신이 상자에다 가타부타 메모라도 남겨 놓을 것 같아?" 나는 상자로 가서 다소 극적인 제스처로 뚜껑을 홀렁 열었다. 로버가 숨을 헐떡이며 비틀비틀 일어나 상자 안을 봤다. 고양이는, 당연히, 거기 없었다.

로버는 짖지도, 기절하지도, 욕하지도, 울지도 않았다. 그는 용케 침착을 유지했다.

"고양이는 어디 있죠?" 이윽고 그가 물었다.

"상자는 어디 있는데?"

"여기요."

"어디가 여긴데?"

"여기는 지금이죠."

"한때는 그렇게 생각했지." 내가 말했다. "하지만 사실 우린 더 큰 상자들을 써야 해."

그는 말없이 황망하게 사방을 두리번댔다. 집 지붕이 상자 뚜껑처럼 홀렁 벗겨져 나가 별들의 후안무치한 빛이 마구 밀려드는데도 그는 꿈쩍하지 못했다. 겨우 이렇게 내뱉을 뿐이었다. "오, 와우!"

나는 그 음이 계속 울리고 있음을 깨달았다. 나는 접착제가 녹기 전에 만돌린으로 음을 확인했다. A음. 작곡가 슈만을 미치게 한 그 음. 아름답고 청명한 음조. 별이 보이니 지금은 더욱 청명하다. 고양이가 그리울 것 같다. 고양이는 우리가 잃어버린 것이 무엇인지 알아냈을까? 궁금하다.

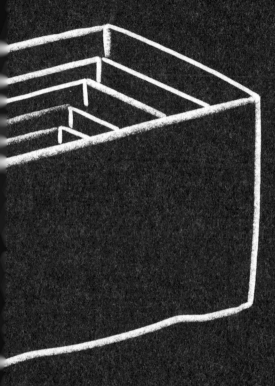

"고양이는 어디 있죠?"

'Where is the cat?' he asked at last.

'Where is the box?'

'Here.'

'Where's here?'

'Here is now.'

'We used to think so,' I said, 'but really we should use larger boxes.'

Most of them arrive in summer.
We live in the country, just the right
distance out of town for the city dwellers
to abandon their cats near us.

2

대가
The Price

닐 게이먼

Neil Gaiman

부랑자와 떠돌이는 문기둥과 나무와 문에 자기들끼리 통하는 흔적을 남긴다. 그렇게 같은 종족에게 자기가 유랑 중에 지나온 집과 농장에 사는 사람들에 대한 언질을 준다. 고양이들도 그런 흔적을 남기는 게 틀림없다. 그렇지 않고서야 어떻게 유독 우리 집 앞에 굶주리고 벼룩이 들끓고 버림받은 고양이들이 일 년 내내 끊이지 않는단 말인가?

우리는 고양이가 오면 받아 준다. 벼룩과 진드기를 없애 주고, 먹을 것을 주고, 동물병원에 데려간다. 우리 비용으로 필요한 접종도 해 주고, 중성화 수술까지 해 준다.

치료가 끝난 고양이는 우리 집에서 지낸다. 몇 달 동안. 또는 일 년. 또는 영원히.

이런 고양이들은 대개 여름에 찾아든다. 우리는 시골에 산다. 도시에서 사람들이 고양이를 버리러 오기 딱 좋을 거리에.

우리 집의 고양이 수가 여덟을 넘긴 적은 없지만 셋 아래로 내려간 적도 드물다. 현재 우리 집에 사는 고양이들은 다음과 같다. 우선, 헤르미온과 포드. 각각 태비고양이와 검정고양이다. 내 다락층 작업실에 기거하고, 자매지만 앙숙이라 같이 어울

헤르미온과 포드. 각각 태비고양이와 검정고양이다.

리는 법은 없다. 다음은 스노플레이크. 파란 눈의 하얀색 장모 고양이다. 몇 년이나 숲속에서 들고양이로 살다가 야생의 습성을 버리고 푹신한 소파와 침대로 귀화했다. 마지막으로 우리 집에서 최대 덩치를 자랑하는 털뭉치 퍼볼. 퍼볼은 스노플레이크의 딸이다. 갈색, 검정, 하양의 장모 삼색얼룩고양이인데 쿠션처럼 펑퍼짐하다. 퍼볼이 작디작은 새끼 고양이일 때 내가 우리 집 차고에서 발견했다. 발견 당시 퍼볼은 낡은 배드민턴 네트에 머리가 끼고 목에 줄이 감겨 빈사 상태였다. 하지만 놀랍게도 퍼볼은 죽지 않았고, 살아난 것뿐 아니라 쑥쑥 자라서 지금껏 내가 만난 고양이 중 가장 맘씨 좋은 고양이가 됐다.

그리고 또 한 마리, 블랙캣이 있다. 우리는 녀석을 그저 블랙캣이라고 부른다. 녀석이 우리 집에 나타난 지 이제 한 달쯤 됐다. 처음에는 아무도 녀석이 여기서 살게 될 거라고 생각하지 않았다. 주인 없는 고양이치고 잘 먹은 티가 났고, 버려진 고양이치고는 나이가 많고 의기양양했다. 녀석은 작은 흑표범처럼 보였고, 밤의 한 조각처럼 움직였다.

나음은 스노플레이크. 파란 눈의 하얀색 장모 고양이다.

어느 여름날이었다. 녀석이 헐어 빠진 우리 집 포치 주변을 어슬렁대고 있었다. 내 짐작에 여덟아홉 살쯤 된 녹황색 눈의 수고양이였다. 사람을 봐도 태연자약하니 아주 살갑게 굴었다. 나는 당연히 이웃 가족이나 농가에서 키우는 고양이라고 생각했다.

그 직후 나는 쓰던 책을 끝내러 몇 주간 집을 떠나 있었는데 집에 돌아왔을 때도 녀석이 여전히 우리 집 포치에 있었다. 우리 아이들 중 하나가 놓아준 낡은 고양이침대를 제집 삼아 버젓이 살고 있었다. 그런데 녀석의 몰골이 몰라보게 변해 있었다. 털이 군데군데 뽑혀 나갔고, 휑하게 드러난 회색 거죽에는 세게 할퀸 상처들이 보였다. 귀 하나는 끝이 뜯겨져 나갔고, 한쪽 눈 밑이 깊게 베였고, 입술도 한 군데 찢어져 너덜거렸다. 녀석은 야위었고 기력이 없었다.

우리는 블랙캣을 수의사에게 데려갔다. 그리고 병원에서 항생제를 받아 와 매일 밤 습식 사료에 섞어서 먹였다.

녀석이 누구와 싸우는 건지 궁금했다. 우리의 아름다운 야생고양이 출신 눈의 여왕 스노플레이

퍼볼은 스노플레이크의 딸이다. 갈색, 검정, 하양의 장모
삼색얼룩고양인데 쿠션처럼 펑퍼짐하다.

크? 아니면 너구리들? 아니면 채찍 같은 꼬리에 날카로운 송곳니를 가진 주머니쥐?

녀석은 매일 밤 더 심한 상처를 달았다. 어느 날 밤에는 옆구리를 물어뜯겼고, 이튿날 밤에는 아랫배에 갈퀴가 지나간 듯 발톱 자국이 길게 났는데 만져 보니 피가 흥건했다.

일이 이 사태에 이르자 나는 녀석을 지하실로 데려가 몸이 아물 때까지 보일러와 상자더미 옆에 두었다. 블랙캣. 녀석은 놀랄 만큼 무거웠다. 나는 녀석을 안아서 지하실로 옮겼다. 고양이바구니와 리터박스와 사료와 물도 옮겨다 주었다. 나는 지하실을 나와 문을 닫았다. 손에 묻은 피부터 닦아야 했다.

녀석은 지하실에 나흘간 있었다. 처음에는 너무 약해서 스스로 먹지도 못했다. 눈 밑의 상처가 덧나서 녀석은 애꾸가 되다시피 했고, 비척비척 움직이거나 축 늘어져 있었다. 찢긴 입술에서는 노란 고름이 질질 흘렀다.

나는 매일 아침저녁으로 지하실에 가서 녀석에게 사료와 항생제를 먹였다. 캔 사료에 약을 섞어서 주고, 심한 상처들을 톡톡 닦아 주고, 녀석에게 말을 걸었다. 녀석은 설사를 했고, 리터박스의 모래를 매일 갈아 주는데도 지하실에는 악취가 진동했다.

블랙캣이 지하실에 있던 나흘 동안 우리 집에는 나쁜 일들이 줄을 이었다. 아기가 목욕 중에 미끄러져 욕조에 머리를 박고 익사할 뻔했다. BBC로부터는 내가 그동안 공들인 프로젝트, 호프 멀리스의 소설 〈안개 속의 루드Lud in the Mist〉를 드라마로 각색하는 일이 결국 없던 일이 됐다는 소식이 왔다. 나는 맥이 탁 풀렸다. 다른 방송사나 매체를 찾아 지금까지 했던 일을 처음부터 다시 반복할 에너지가 남아 있지 않았다. 그런가 하면 여름캠프에 보낸 딸아이는 도착하자마자 편지로 눈물바람을 시작했다. 집에 데려가 달라고 사정사정하는 편지가 매일 대여섯 통씩 도착했다. 아들놈은 단짝친구와 무슨 일로 싸웠는지 서로 말도 하지 않았다. 아내는 밤에 귀가하다가 갑자기 도로로 튀어나온 사슴을 치었다. 사슴은 죽었고, 차는 운전이 어려울 정도로 망가졌고, 아내는 한쪽 눈 위가 작게 찢어졌다.

나흘째 되는 날 고양이가 지하실을 배회했다. 절

뚝거리면서도 책과 만화책 꾸러미들, 우편물과 카세트 상자들, 그림과 선물과 잡동사니 더미들 사이를 초조하게 서성였다. 녀석은 나를 보며 내보내 달라고 야옹야옹 울어 댔다. 나는 마지못해 문을 열어 주었다.

녀석은 다시 포치로 나갔고 거기서 종일 잠을 잤다.

다음 날 아침, 고양이의 양 옆구리에 새로 깊은 상처들이 나 있었고, 포치 마룻장에 검정색 털 뭉치들이 흩어져 있었다. 녀석의 털이었다.

그날이었다. 딸아이에게서 캠프 생활이 점차 나아지고 있으며 며칠쯤은 더 버틸 수 있을 것 같다는 편지가 도착했다. 아들놈은 친구와 화해했다. 애초에 싸운 이유—카드 교환, 컴퓨터게임, 〈스타워즈〉, 여자 문제—는 내 알 바 아니었다. 〈안개 속의 루드〉 프로젝트를 엎었던 BBC 간부는 어느 독립제작사로부터 뇌물(아니 '미심쩍은 투자')을 받아 온 것이 탄로나 무기한 정직을 당했다. 그의 후임자가 내게 팩스를 보냈는데, 알고 보니 기쁘게도 그 사람은 BBC를 떠나기 전에 내게 그 프로젝트를 처음 제안했던 여성이었다.

나는 블랙캣을 다시 지하실에 데려다 놓을까 하다가 관뒀다. 대신 대체 어떤 짐승이 밤마다 우리 집에 출몰하는지 알아내기로 작정했다. 그리고 액션플랜을 짰다. 목표는 아마도 놈을 포획하는 것?

생일이나 크리스마스 때면 가족이 내가 혹할 만한 장치나 도구나 비싼 모형 따위를 선물하는데, 궁극적으로 포장상자를 떠날 일이 거의 없는 것들이다. 이를테면 음식물 탈수기, 전동 조각칼, 제빵기계 같은 것들. 그중 작년 크리스마스에 받은 야간 투시 쌍안경이 있다. 나는 그걸 받고 밤까지 기다리기가 안달이 나서 쌍안경에 배터리를 넣고 캄캄한 지하실을 헤매며 가상의 찌르레기 떼를 미행했다. (밝은 데서는 쌍안경을 켜지 말라는 경고가 붙어 있었다. 그건 고장의 원인이 될 수 있을 뿐 아니라 눈을 손상시킬 수 있다고 했다.) 그러고 나서 나는 쌍안경을 다시 상자에 넣었다. 쌍안경 상자는 아직도 거기 있다. 내 작업실 컴퓨터 케이블 박스 옆에. 까맣게 잊힌 채로.

나는 생각했다. 만약 그 짐승이, 개인지 고양인지 너구리인지 뭔지는 알 수 없지만 아무튼 그 짐승이 내가 포치에 떡하니 앉아 있는 것을 보면 오다가 말지 몰라. 그래서 나는 벽장보다 클까 말까 한 곁방에 의자를 갖다 놓았다. 거기서 포치가 잘 내다보였다. 그리고 가족이 모두 잠들었을 때 포치로 나가 블랙캣에게 잘 자라는 인사를 했다.

녀석이 우리 집에 처음 왔을 때 아내가 한 말이 있다. "이 고양이는 사람이야." 아닌 게 아니라 녀석의 큼직하고 사자 같은 얼굴에는 웬지 엄청 사람다운 데가 있었다. 뭉툭한 검은 코, 녹황색 눈, 송곳니가 났지만 귀여운 입. (녀석의 아랫입술 오른쪽에서 아직도 노란 진물이 흐르고 있었다.)

나는 녀석의 머리를 쓰다듬고 턱 밑을 긁어 주며 무사하길 빌었다. 그리고 집에 들어가 포치의 불을 껐다.

나는 곁방의 의자에 앉았다. 집 안은 캄캄했다. 나는 무릎 위에 올려놓은 야간 투시 쌍안경을 켰다. 접안렌즈에서 녹색 빛이 가늘게 흘러나왔다.

어둠 속에서 시간이 흘러갔다.

나는 시험 삼아 쌍안경으로 어둠 속을 보며 초점 맞추는 연습을 했다. 녹색 그림자에 겹겹이 싸인 세상이 눈에 들어왔다. 밤공기 속에 이렇게 많은 벌레들이 떼 지어 다닌다니 소름이 끼쳤다. 밤의 세계는 생명이 부글대는 일종의 악몽 수프 같았다. 나는 눈에서 쌍안경을 떼고 짙고 검푸른 어둠을 응시했다. 공허하고 평화롭고 고요한 밤이었다.

시간이 흘러갔다. 나는 졸지 않으려 안간힘을 썼다. 담배와 커피가 미치게 고팠다. 내가 잃은 두 가지 중독. 둘 중 하나라도 있으면 눈을 뜨고 있었을 텐데. 하지만 잠과 꿈의 세계로 너무 깊이 굴러떨어지기 선, 나는 마당에서 들리는 울부짖음에 소스라쳐 깼다. 나는 주섬주섬 쌍안경을 눈에 댔다. 실망스럽게도 범인은 우리 집 하양고양이 스노플레이크였다. 스노플레이크는 녹색이 감도는 허연 빛 조각처럼 앞마당을 쏜살같이 가로질렀다. 그리고 집 왼편의 숲 지대로 온데간데없이 사라졌다.

다시 의자에 앉으려는 순간, 나는 불현듯 궁금해졌다. 정확히 무엇이 우리 스노플레이크를 저렇게 기겁하게 했을까? 나는 쌍안경으로 중거리를 훑으며 대형 너구리나, 개나, 포악한 주머니쥐를 찾았다. 아니나 다를까 뭔가가 집을 향해 진입로를 내려오고 있었다. 쌍안경을 통해 명명백백히 보였다.

그건 악마였다.

한번도 악마를 본 적은 없었다. 그리고 과거에 악마에 대한 글을 쓴 적은 있지만, 굳이 고백하자면 나는 사실 악마 같은 걸 믿지도 않았다. 내게 악마란 그저 상상의 존재, 밀턴이 만든 비극적 비유, 그 이상도 이하도 아니었다. 하지만 그때 우리 집 진입로에 나타난 형체는 밀턴의 루시퍼가 아니었다. 그것은 악마였다.

내 심장이 가슴통을 두방망이질하기 시작했다. 너무 세게 쳐서 아플 지경이었다. 나는 그것이 나를 보지 못하기를 빌었다. 캄캄한 집 안, 유리창 뒤에 숨어 있는 나를.

그 형체는 진입로를 따라 걸으며 수시로 휙휙 모습을 바꿨다. 어느 순간에는 그리스신화의 괴물 미노타우로스처럼 시커먼 황소 같았다가, 다음 순간에는 날씬한 여자가 됐다가, 또 다음 순간에는 고양이가 됐다. 흉터로 덮인 거대한 녹회색 살쾡이. 놈의 얼굴이 증오로 일그러져 있었다.

마당에서 포치로 올라오는 계단이 있었다. 페인트칠할 때가 지난 흰색 나무 계단 네 개. (흰색이란 건 내가 아는 사실이 그렇다는 것이고, 쌍안경으로는 당연히 다른 것들처럼 녹색으로 보였다.) 악마는 계단 아래에서 멈추고, 뭔가 내가 알아들을 수 없는 말을 내질렀다. 세 마디, 어쩌면 네 마디 말이었는데 신음 같기도 했고 포효 같기도 했다. 먼 옛날 바벨탑이 건설되기도 전에 잊힌 언어가 분명했다. 무슨 말인지는 알 수 없었지만, 놈의 소리에 뒤통수의 머리털이 쭈뼛 섰다.

바로 그때였다. 소리가 났다. 풀에 소리가 묻히기는 했지만 분명히 들렸다. 낮게 으르렁대는 소리. 싸움을 거는 소리. 그러자 검은 형체 하나가 천천히, 비척비척 포치 계단을 내려갔다. 형체는 내게서 멀어져 악마에게로 다가갔다. 이즈음 블랙캣은 더 이상 흑표범처럼 움직이지 못했다. 녀석은 막 뭍에 내린 뱃사람처럼 휘청휘청 걸었다.

악마는 이제 여자였다. 여자가 고양이에게 뭔가 부드럽게 어르는 말을 했다. 프랑스어처럼 들리는 언어였다. 그러면서 여자가 고양이에게 한 손을 내밀었다. 녀석은 여자의 팔에 이빨을 박아 넣었다. 여자의 입술이 말려 올라갔다. 여자가 녀석에게 침을 뱉었다.

그때 여자가 내게로 눈을 치떴다. 만약 그때까지 내게 여자가 설마 악마일까 하는 마음이 한 점이라도 있었다면 이제는 그 한 점마저 싹 가셨다. 여자의 두 눈이 나를 향해 뻘건 불을 번득였다. 놀랄 일이었다. 나이트비전 쌍안경으로는 붉은색을 볼 수 없는데. 모든 게 옅고 짙은 녹색으로만 보이는데. 그리고 악마가 유리창 너머의 나를 발견했다. 나를 봤다. 그 점에 있어서는 한 점의 의심도 없었다.

악마가 뒤틀리고 일그러지더니 이제는 자칼 비슷한 짐승이 됐다. 넓적한 얼굴, 거대한 대가리, 굵은 목의 괴물. 반은 하이에나고 반은 들개였다. 놈의 더러운 털에서 구더기가 꿈틀댔다. 놈이 계단을 오르기 시작했다.

블랙캣이 놈에게 확 튀어 올랐다. 둘은 순식간에 하나로 얽혀서 구르고, 뒹굴고, 몸부림치며 내 눈이 따라갈 수 없을 만큼 빠르게 움직였다.

모든 것이 소리 없이 벌어졌다.

그때 멀리, 우리 집 진입로 밖의 국도에서 낮게 우르릉대는 소리가 올라왔다. 심야 운행 트럭이 육중하게 굴러가는 소리였다. 내 쌍안경 속에서 트럭의 전조등이 두 개의 녹색 태양처럼 밝게 타올랐다. 나는 쌍안경을 내렸다. 이제는 어둠만 보였다.

어둠 속에 흐릿한 노란색 전조등이 지나가고 이어서 붉은색 미등이 따랐다. 트럭은 다시 어둠 속으로 완전히 자취를 감췄다.

나는 다시 한번 쌍안경을 올렸다. 아무것도 보이지 않았다. 보이는 것이라곤 계단 위에서 허공을 노려보는 블랙캣뿐이었다. 나는 쌍안경을 눈에 바싹 대고 위를 향했다. 뭔가가 날아가는 게 보였다. 콘도르? 독수리? 그것이 숲 너머로 날아갔고, 사라졌다.

나는 포치로 나가 블랙캣을 안아 올렸다. 나는 녀석을 토닥이며 다정한 말로 달랬다. 녀석은 내가 다가갈 때는 애처롭게 울더니, 잠시 후 내 무릎 위에서 잠이 들었다. 나는 녀석을 바구니에 눕혀 준 뒤 이층으로 올라갔다. 그리고 나도 침대에 누워 잠이 들었다. 다음 날 아침 나는 피가 말라붙은 티셔츠와 청바지 차림으로 잠에서 깼다.

이게 일주일 전이었다.

내 집에 오는 그것이 매일 밤 오는 것은 아니다. 하지만 거의 매일 밤 온다. 고양이의 몸에 난 상처로 알 수 있다. 그리고 녀석의 사자 같은 눈에 맺힌 고통으로 알 수 있다. 녀석은 결국 왼쪽 앞발을 못

쓰게 됐다. 녀석의 오른쪽 눈도 영원히 닫혔다.

　궁금하다. 우리가 대체 뭘 했기에 이런 은혜를
받는 걸까. 누가 블랙캣을 우리에게 보낸 걸까. 그
리고 이기적이고 겁에 질린 나는 궁금하다. 녀석이
줄 게 얼마나 더 남았을까.

보이는 것이라곤 계단 위에서 허공을 노려보는 블랙캣뿐이었다.

둘이자 하나인 고양이

이재경

우선 한번쯤 들어본 우화를 다시 해 보자.

이차원을 사는 납작 개미들이 있었다. 이 개미들의 세계에는 가로와 세로밖에 없었다. 그들의 세상은 공간이 아니라 면(面)이었다. 어느 날 두 친구 개미가 나란히 걸어가는데, 삼차원을 사는 곰이 그중 한 마리를 '들어올렸다.' 밑에 남은 개미는 방금까지 옆에 있던 친구가 감쪽같이 사라지자 충격에 휩싸였다. 높이라는 개념을 알지 못하고 삼차원을 상상할 수 없는 개미에게 친구의 실종은 초현실이었다. 개미 세계 버전의 버뮤다 삼각지대 미스터리였다. 그들의 세계에는 이렇게 알 수 없는 일들이 종종 일어났다. 그러던 어느 날 수많은 개미들 가운데 좀 이상한 개미가 태어났다. 이 개미는 어쩌면 그들이 아는 세계가 전부가 아닐지 모른다고 생각했다. 세상은 여러 차원으로 중첩돼 있고, 개미들은 그중 한 가지 차원만 보는 거라고 생각했다. 다른 개미들은 이 개미를 미쳤다고 생각했다. 이 개미가 하는 말은 무슨 소린지 도무지 알아들을 수가 없었다.

우리 중에도 주체와 대상, 의식과 무의식, 물질과 정신, 생과 사, 우연과 필연이 유기적으로 얽혀 있다는 낌새를 채는 개미들이 심심찮게 태어난다. 이들은 이분법을 의심한다. 이들은 시간적, 공간적 제약을 받는 물질세계의 인과관계 너머로 까치발을 든다. 이들은 먼 옛날부터 동굴 벽화, 신화와 설화, 천문과 철학, 경전과 주술의 형태로, 특히 문학의 형태로 끝없이 미완의 메시지들을 던졌다. 우리가 알아듣거나 말거나. 테크노크라트와 프로그래머가 신의 자리를 대체한 디지털 문명이 도래하기 훨씬 전부터.

이들은 최근에는 판타지 문학가로 많이 태어난다.

광대무변의 지성과 상상을 반신반인의 필력으로 보여 주다가 몇 해 전 타계한 어슐러 K. 르 귄과 만화와 소설, TV와 영화의 매체를 넘나들며 평행우주 개념을 부단히 실험하는 닐 게이먼이 대표적이다. 르 귄은 생전에 '판타지 문학가가 노벨상을 받는다면 수상 0순위'라는 평을 받았고, 게이먼은 '현존하는 10대 포스트모던 작가 중 한 명'으로 꼽힌다. 이 두 작가가 각각 〈슈뢰딩거의 고양이〉(1974)와 〈대가〉(1997)에서 초현실을 마주한 인간의 모습을 그렸다. 두 작품 모두 고양이가 차원을 뛰어넘는 존재로 등장한다. 영매처럼. 초월자처럼. 고양이는 인류가 최초로 길들인 동물인 동시에 영원히 길들이지 못한 동물이다. 고양이는 인간과 영역을 공유하면서도 인간의 영역에 냉담하다. 인간의 규칙에 부화뇌동하지 않는다. 인간의 대상화에 쉽게 붕괴하지 않는다. 고양이는 르 귄에 따르면 "닫힌 것은 반드시 열어야 한다고 굳게 믿고," 게이먼에 따르면 "미래와 과거의 메아리들을 본다." 시인 리샤르트 크리니츠키도 "사차원 시공간으로 사라지는 고양이 발자국"을 발견하곤 했다. 고양이는 양자역학적이다.

한번쯤 들어본 또 다른 이야기를 해 보자.

뉴턴의 고전역학은 우리가 경험하는 삼차원 물리세계를 멋지게 설명한다. 그런데 20세기에 들어와 물리세계는 거시세계와 미시세계로 갈린다. 각각을 대표하는 현대물리학의 양대 산맥이 상대성이론과 양자역학이다. 그런데 양자역학의 영역인 미시세계(원자 이하의 세계)는 고전역학이 설명하지 못하는 현상으로 가득하다. 대표적인 것이 양자가 누군가 관찰할 때는 입자처럼 거동하고, 관찰하지 않을 때는 파동처럼 거동하는 현상이다. 양자물리학자들은 미시세계는 이렇게 여러 가능성이 동시에 존재하는 중첩 상태에 있으며, 거시세계의 누군가 관찰하는 순간 중첩 상태가 붕괴해서 여러 가능성 중 하나로 결정된다고 했다. 이것이 이른바 '코펜하겐 해석'이다. 아인슈타인은 물리세계를 그렇게 불확정적 확률로 보는 해석에 발끈했다. "신은 주사위 놀음을 하지 않는다." 양자물리학의 대가인 에르빈 슈뢰딩거도 이 불확정성이 못마땅했다. 그래서 슈뢰딩거는 1935년 '묘'한 사고실험을 한다.

밖에서 내부를 볼 수 없는 상자가 있다. 상자 안에 고양이와 독가스 배출기와 방사능 물질이 있다. 한 시간 안에 방사능 물질이 붕괴해서 입자를 방출할 확률은 50퍼센트다. 만약 방사능 물질이 붕괴하면, 독가스 배출기가 이를 감지해서 독가스를 배출한다. 독가스가 배출되면 고양이는 죽는다. 우리의 상식으로는 한 시간 후면 고양이의 생사가 결정된다. 하지만 양자역학에 따르면, 아무도 상자 안의 사정을 알 수 없기에 고양이는 살아 있으면서 동시에 죽은 상태다. 적어도 우리가 상자를 열어 보기 전까지는 그렇다. 살아 있으면서 살아 있지 않은 고양이? 이게 말이 돼? 이것이 유명한 슈뢰딩거의 고양이 역설이다. 원래 이 사고실험의 의도는 양자의 불확정성을 미시세계에서 거시세계로 확장시키고, 그 비유를 통해 양자 불확정성이 얼마나 어이없는 개념인지 보여 주기 위한 것이었다. 그런데 오늘날 이 사고실험이 오히려 양자의 중첩 현상을 상징하는 비유가 되고 말았다. 또 다른 역설이다. 역설의 중첩이다.

어슐러 르 귄의 단편 〈슈뢰딩거의 고양이〉에는 초현실적 세상이 등장한다. 거시세계의 물리법칙에 따르지 않는 세상. 익숙한 형체들이 해체되고, 모든 것이 열원 없이 뜨거워지고, 동물들이 전광석화처럼 움직이면서 얼룩처럼 흐려진다. 속도는 더 이상 미래를 예보하지 않는다. 모든 것이 존재감을 잃는다. 실체가 사라진다. 그런데 화자가 열기를 피해 도착한 불특정 공간인 '이곳'에 시원한 고양이 쿨캣이 등장한다. 차원의 중첩이다. 이곳에 슈뢰딩거의 상자가 배달된다. 화자는 그 경계에 있다. 고양이는 스스로 상자에 들어간다. 왜? 고양이는 원래 상자에 들어가니까. 배달부는 슈뢰딩거의 실험이 완성됐다고 기뻐한다. 상자를 열어서 불확실성을 없앨 수 있게 됐다고 좋아한다. 하지만 상자 뚜껑이 열리는 순간 또 다른 불확실성이 대두한다. 화자는 묻는다. 그런데 관찰자는 누구인가? 미시세계와 거시세계의 경계는 어디인가? 인간이 정말 관찰자인가? 인간 세계가 정말 거시세계인가? 상자에 든 것은 고양이인가, 우리인가? 대상화의 방향은 한 가지인가? 장자의 호접몽이 떠오르는 순간이다. 내가 나비가 된 꿈을 꾸는지 나비가 내 꿈을 꾸는지 헷갈린다. 차원은 중첩돼 있고 물아(物我)는 얽혀 있다.

한편 닐 게이먼의 〈대가〉는 에드거 앨런 포의 〈검은 고양이〉로 시작된 '응징자 고양이' 판타지를 실험대에 올린다. 포의 〈검은 고양이〉는 인간 내면의 파괴적 광기를 고발했다. 그런데 이 모티프가 현대 문명과 함께 고속으로 진화해 인간의 구체적 탐욕과 이기를 징벌하는 서사에 자주 소환된다. 예컨대 스티븐 킹의 〈지옥에서 온 고양이The Cat from Hell〉는 제약업의 동물실험을, 론 굴라트의 〈그루초Groucho〉는 쇼비즈니스계의 부조리를 심판한다. 게이먼은 이 '응징자 고양이' 모티프를 뫼비우스의 띠처럼 비튼다. 그래서 〈대가〉에는 응징하는 고양이 대신 인간을 구원하는 고양이 '블랙캣'이 등장한다. 하지만 응징과 구원은 다르지 않다. 동전의 양면이다. 양자의 입자성과 파동성처럼. 여기서도 고양이는 양자의 이중성을 우화적으로 대변한다. 블랙캣은 인간계를 괴롭히는 초자연적 존재를 막기 위해 차원을 넘는다. 게이먼의 2013년 소설 〈오솔길 끝 바다The Ocean at the End of the Lane〉에도 차원을 건너와 둔갑을 거듭하며 세상을 파괴하는 초자연적 존재가 등장한다. 거기서도 주인공 소년이 이 초자연적 존재에 쫓길 때 구원의 전조처럼 검은 고양이가 나타난다. 〈오솔길 끝 바다〉에서 신비의 소녀 래디가 소년을 위해 희생하는 동기가 불분명하듯, 〈대가〉에서도 블랙캣이 화자를 위해 희생하는 이유가 없다. 적어도 삼차원 물리세계의 인과관계는 떠나 있다. 두 작품은 보은이라는 인간 중심의 개념 대신, 좀 더 초월적인 구원의 개념을 내세운다.

양자역학의 미시세계를 확장한 상대주의적 세계관은 판타지 문학의 재료이자 무대다. 〈슈뢰딩거의 고양이〉와 〈대가〉는 양자의 중첩과 얽힘 상태에 대한 우화적 풀이이며 마법과 환상에 대한 과학적 비유다. 여기서 고양이는 양자 자체를 상징하고 양자의 다중세계를 대변한다. 두 이야기에 각각 등장하는 슈뢰딩거의 상자와 야간 투시 쌍안경이라는 과학 장치는 역설적으로 초자연의 개입을 부르는 오컬트 의식을 연상시킨다. 두 이야기는 문학과 과학 사이에 있다. 위치와 속도를 알면 미래 상태를 알 수 있는 물리세계와 달리 우리의 삶은 불확실성의 세계다. 두 이야기는 예측불허와 나비효과의 현실을 위로한다. 결정론적 관점 밖의 열린 가능성을 일깨운다. 우연인지 필연인지 두 이야기 모두 '궁금하다(I wonder)'로 끝난다. 우리는 삼차원의 상자에 갇혀서 밖을 궁금해한다. 우리는 미지의 관측자인 동시에 관측대상이다. 관측은 이루어지지 않았고 따라서 결정된 것도 없다. 다만 궁금한 우리가 있을 뿐.

옮긴이 이재경

서울에서 나서 서강대학교를 졸업하고 경영 컨설턴트와
출판 편집자를 거쳐 지금은 주로 번역을 하고 때로 산문을 쓴다.
가끔씩 오래전에 무지개다리 건넌 노랑태비 루비를
생각한다. 인연만큼 묘연이 진하다는 생각도 많이 한다.
시선집 〈고양이〉, 산문집 〈젤다〉와 고전명언집
〈다시 일어서는 게 중요해〉를 엮고 옮겼다. 〈분노의 이유〉,
〈편견의 이유〉, 〈코끼리를 쏘다〉 등 50권 넘게 번역했다.

그린이 은작가

못 그리는 거 빼고 다 그려 본 생계밀착형 16년 차 일러스트레이터.
언제 끝날지 모를 개인 작업을 위해, 시간이 많고 돈이 없을 때만
일을 하는 호사를 누리고 있다. 고양이 이모티콘을 팔아서 부자가
되고 싶지만 벌여 놓은 일들을 수습하기에 바빠 아직 시도하지
못하고 있다. 수도권 모처의 신도시에서 반려가, 고양이 세 마리와
함께 심심하고 평온하게 살아가고 있다.

HB1017

두 고양이

어슐러 K. 르 귄, 닐 게이먼 지음
이재경 옮김

Ⓟ HB PRESS 2022

1판 1쇄 2022년 5월 10일
조용범, 김정옥 편집
은작가 그림, 김민정 디자인
황은진 마케팅 기획
북앤솔루션 제작

에이치비*프레스 (도서출판 어떤책)
서울시 서대문구 성산로 253-4, 402호
전화 02-333-1395
팩스 02-6442-1395
hbpress.editor@gmail.com
hbpress.kr

ISBN 979-11-90314-15-2